LES PLUS ANCIENS MONUMENTS DE LA LANGUE FRANÇAISE

PUBLIÉS

POUR LES COURS UNIVERSITAIRES

PAR

EDUARD KOSCHWITZ.

HEILBRONN.
HENNINGER FRÈRES, LIBRAIRES-ÉDITEURS.
1879.

C. KLINCKSIECK

LES

PLUS ANCIENS MONUMENTS

DE LA

LANGUE FRANÇAISE

PUBLIÉS

POUR LES COURS UNIVERSITAIRES

PAR

EDUARD KOSCHWITZ.

HEILBRONN.

HENNINGER FRÈRES, LIBRAIRES-ÉDITEURS.

1879.

TABLE DES MATIÈRES.

LES SERMENTS DE STRASBOURG DE 842.

D: Diez. Altromanische Sprachdenkmale. Bonn 1846. P. 3—14. — *Bg*: Burguy. Grammaire de la langue d'oïl. Berlin 1869. I, 19 s. — *B* ($B^{1 2 3}$): Bartsch. Chrestomathie de l'ancien français. Leipzig 1866; 2e éd. 1872; 3e éd. 1875. P. 3. — *S*: Suchier. Jahrbuch für romanische und englische Sprache und Literatur. XIII (1874), p. 383 ss. — *St*: J. Storm. Romania III (1874), p. 289 s. — *M*: P. Meyer. Romania III (1874), p. 371 ss. — *C*: Cornu. Romania IV (1875), p. 454 ss. et VI (1877), p. 248 s. — *G*: Gröber. Jahrb. f. roman. u. engl. Spr. u. L. XV (1876), p. 82 ss. — *L*: Lücking. Die ältesten französischen Mundarten. Berlin 1877. P. 76 ss. et 84 s.

Lodhuvicus, quoniam maior natu erat, prior haec . . . se servaturum testatus est:

Pro dõ amur & ꝑ xp̃ian poblo & nrõ cõmun ſaluament diſt di en auant: inquantdſ̃ ſauir & podir medunat. ſiſaluaraieo ciſt meon fradre karlo. & in ad iudha.

---

1 *G* Por. 2 *DG* en; *B* in. *L'e de en est barré.* 3 B^2 ajudha; SB^3 aiudha; *G* aiude.

& in cad huna coſa. ſicũ om ꝑ dreit ſon fradra ſaluar diſt. Ino quid il mialtreſi faz&. Et abludher nul plaid nũquã prindrai qui meon uol ciſt. meon fradre karle in damno sit.

Quod cum Lodhuvicus explesset, Karolus teudisca lingua sic haec eadem verba testatus est:

In godes minna ind in thes christiânes folches ind unser bêdhêrô gealtnissi, fon thesemo dage frammordes, sô fram sô mir got gewizci indi madh furgibit, sô haldih tesan mînan bruodher, sôsô man mit rehto sînan bruher scal, in thiû thaz er mig sô soma duo, indi mit Luheren in nohheiniu thing ne gegango, thê mînan willon imo ce scadhen werhên.

Sacramentum autem, quod utrorumque populus quique propria lingua testatus est, romana lingua sic se habet:

Silodhuuigſ ſagrament. quę ſon fradre karlo iurat conſeruat. Et karluſ meoſ ſendra deſuo part ñ loſtanit. ſi ioreturnar non lint poiſ. neio neneulſ cui eo returnar int poiſ. in nulla a $iu^{d}ha$ contra lodhuuuig nun li iuer.

Teudisca autem lingua:

---

2 *D* dist (= *debet; St* dist (= *decet; cf. P. Meyer. Romania. III,* 373); *Bg CL* diſt; *cf. G. Gröber. Zschr. f. roman. Phil. II, 184 ss.; G* diit. 3 SB^3 nunqua; *G* numque. 4 *G* dam; cf. *L p. 85.* 17 B^{23} que. 18 *DB* sua; *G* sue. *D* non lo s tanit (*tenet*); *B* non los tanit; *S et M* (nun, non) lo franit; *G* non lo suon tint; *St* non lo s'tanit (*tenebat*); *cf. G. l. c.; L* (ñ) lo fraint *ou* l'enfraint. 20 B^{12} ajudha; SB^3 aiudha; *G* aiude. *Grimm* iu er (*ego ero*); *cf. D p. 14. DB* iv er (*ibi ero*); *L* nun lui ier.

Oba Karl then eid, then er sînemo bruodher Ludhuwîge gesuor, geleistit, indi Ludhuwîg mîn hêrro, then er imo gesuor, forbrihchit, ob ih inan es irwenden ne mag, noh ih noh thêrô nohhein, then ih es irwenden mag, widhar Karle imo ce follustî ne wirdhu.

CANTICUM EULALIÆ.

1 Cantica virginis Eulaliae
concine cythara suavisona;
2 est operae qu(oni)am precium
clangere carmine martyrium.
3 tuam ego voce sequar melodiam
atque laudem imitabor ambrosiam.
4 fidibus cane melos eximium;
vocibus ministrabo suffragium.
5 sic pietate(m), sic humanum ingenium
fudisse fletum compellamus ingenitum.
6 hanc puellam nam iuventae sub tempore
nondum thoris maritalibus habilem
7 hostis equi flammis ignis implicuit;
mox columbae evolatu obstipuit.
8 spiritus hic erat Eulaliae,
lacteolus, celer, innocuus.
9 nullis actis regi regum displicuit,
ac idcirco stellis coeli se miscuit.
10 famulos flagitemus ut protegat,
qui sibi laeti pangunt harmoniam!
11 devoto corde modos demus innocuos,
ut nobis pia deum nostrum conciliet,
12 eius nobis ac acquirat auxilium,
cuius sol et luna tremunt imperium!
13 nos quoque mundet a criminibus,
inserat et bona sideribus,
14 stemmate luminis aureoli
deo famulantibus.

---

2 *Ms* suav. cyth. *Cf. Suchier. Jahrb. f. rom. u. engl. L. XIII, 388.*

PROSE DE SAINTE EULALIE.

D: Diez. Altroman. Sprachdenkm. Bonn 1846. P. 15 ss. — *C*: Chevallet. Origine et formation de la langue française. 2e éd. Paris 1858. I, 86. — *L*: Littré. Journal des Savants. 1858. P. 725 ss. Histoire de la langue française. Paris 1862. II, 287 ss. — *M*: P. Meyer. Bibliothèque de l' École des Chartes. V. 2. 1861. P. 237 ss. — *M*^{2}: Recueil d'anciens textes. 2e partie. Paris 1877. P. 193 s. — *W*: Weigand. De la Mesure des Syllabes. Progr. Bromberg 1857. P. 26 ss.; Traité de versification française. Bromberg. 2e éd. 1871. P. 124. 211 s. — *B* (*B* $^{1\,2\,3}$): Bartsch. Chrest. de l'anc. franç. Leipz. 1866, 1872, 1875. P. 3 s. — *S et S*^{2}: Suchier. Jahrbuch. XIII (1874), p. 385 ss.; Jenaer Literaturzeitung 1878, nº 21. — *Bö*: Böhmer. Romanische Studien. III (1878), p. 192.

1 Buona pulcella fut eulalia.
Bel auret corpſ bellezour anima
2 Uoldrent laueintre li dō Inimi
Uoldrent lafaire diaule ſeruir
3 Elle nont eſkoltet leſ malſ con ſellierſ.
Quelle dō raneiet chi maent ſuſ en ciel
4 Ne por or ned ar gent neparamenz.
Por manatce regiel nepreiement.
5 Ni ule coſe non la pouret omq. pleier.
La polle sempre n̄-amaſt lo dō meneſtier
6 E poro fut p̄ſentede maximiien.
Chi rex eret acelſ diſ ſoure pag̃ienſ
7 Illi en ortet dont lei nonq, chielt.
Qued elle fuiet lo nom xp̄iien.

---

2 *W* Bel corps, bellezour avret a. 5 *W* El. *L* n'eskoltet; *C* n'out; B^{23} M^2 non; S^2 no'nt. 6 *L* Que deo; *W* Qu'el. 8 *Le second* e *de* regiel *est très-peu net dans le facsimile.* 9 B^2 Neule. *L omet* non. 10 *L* n'amast. *LMW* mestier. 11 *L omet* E. *L* Maximin. 12 *W* ert. *S* a icels.

8 Ellent adunet lo ſuon element.
Melz ſoſtendreiet leſ empedementz
9 Quelle ꝑdesse ſa uirginitet.
Poroſ furet morte a grand honeſtet
10 Enz enl fou lo getterent com arde toſt.
Elle colpeſ n̄ auret poro noſ coiſt
11 A czo noſ uoldret con creidre li rex pagienſ:
Ad une ſpede li roueret tolir lo chieef
12 La domnizelle cellekose n̄ contrediſt.
Uolt lo ſeule lazſier ſi ruouet kriſt
13 Infigure de colomb uolat aciel.
Tuit oram quepornoſ degnet preier
14 Qued auuisset denoſ xp̄ſ mercit.
Post la mort & alui noſ laiſt uenir
Par ſouue clementia

---

1 *M* a dunet (*Guessard*). *Bö* e le ment. 3 *SM*[2] Qued elle. 5 *W* Enz el. *DBM*[2] la. 7 *L* no s voldret aezo conc. 8 *L* A spede. *W* rovret. 9 *L* d. aezo non. *MW* donzelle. 10 *S* Elle volt. *M* séule (*sëule*). 11 *LW omettent* de.

Autogr. v. M. Lemberg, Breslau.

Fragment de Valenciennes.

Verso.

FRAGMENT DE VALENCIENNES.

G: Génin. La chanson de Roland. Paris 1850. P. 465 ss. — *B*: Bartsch. Chrestomathie de l'anc. franç. Leipz. 1866 etc. P. 5 ss. — *L*: Lücking. Aelteste französ. Mundarten. 1877. P. 17. — *P*: G. Paris. Romania VII (1878), p. 133 s.

1 *habuit miſericordiam ſi cum* il *ſemper* ſolt haueir *de peccatoribuſ* e *ſic liberat de* cere . . . e *de* cel peril [quet il habebat decretum]*

2 *que ſuper* elſ metreiet. *Et* afflict*uſ* e *Ionaſ* afflictione *magna et iratuſ eſt et orauit ad dominum et dixit* [domine, tolle, quaeso, animam meam a me]

3 *quia melior eſt mihi* morſ *quam uita.* dunc *co dixit ſi* fut *Ionaſ propheta* mult correciouſ e mult ireiſt. [quia Deus de Ninivitis]

4 *miſericordiam habuit* e lor *peccatum* lor *dimiſit.* ſaueiet *co que* li celor *ſub co* astreiet *eiſ* ruina *Iudaeorum* e ne doceiet

5 [l]or ſalut. *cum* il *faciebat de perditione Iudaeorum ne si cum legimuſ* e le *euangelio que dominuſ noſter fleuit ſuper hieruſalem et noluit tollere*

6 ibuſ. *Pauluſ apoſtolus etiam optabat esse* anathema ēe *pro fratribuſ ſuiſ qui ſunt Iſraelitae. Et* egreſſ*uſ eſt Ionas de ciuitate et ſedit* [contra orientem civitatis]

7 donec *uideret quid* accideret *ciuitati.* dunc *co dixit*

---

* *Ce qui est entre crochets est suppléé par Génin.* 1 *GB* quant. 2 *GB* affl. est. 6 *G* .esse anathema esse; *B* »*Il faut retrancher un* esse.«

cum Ionaſ propheta cel *populum habuit* pretiet e conuerſ. *et* en cele
8 iet. *ſi* eſcit foerſ *de* la *ciuitate* e *ſi* ſiſt *contra* orien-
tem ciuitatiſ e *ſi* auardeuet *cum deuſ per* ſerem
9 [a]ſtreiet u *ne* fereiet. *Et praeparauit dominuſ*
eder*am ſuper caput Ione ut faceret ei umbram.*
laborauerat [enim]
10 *Ionaſ propheta habebat* mult laboret e mult penet a
cel *populum co dixit* e *faciebat* grant iholt. *et* eret
mult laſ . . .
11 . . . un edre ſore ſen cheue *quet* umbre li feſiſt. e
*r*epauſer ſe podiſt. *Et laetatuſ eſt Ionaſ ſuper*
eder*am*
12 [m]ult *laetatuſ co dixit* por *que deuſ* cel edre li
donat a ſun ſoueir *et* a ſun *repauſement* li *donat.*
Et precepit dominuſ [vermi . . . qui percussit ederam]
13 *et* exaruit. *et parauit deuſ uentum calidum ſuper*
caput Ione et dixit meliuſ eſt mihi mori quam
uiuere . . .
14 . . . *dunc co dixit ſi rogauit deuſ* ad un uerme.
que percussiſt cel edre ſoſt *que* cil *ſedebat* e c
15 cilg eedre fu ſeche. *ſi* uint grance*ſmes* iholt *ſuper*
caput Ione et dixit meliuſ eſt mihi mori quam
uiuere. Et dixit dominuſ [ad Ionam: Putasne bene]
16 [i]raſceriſ *tu ſuper* eder*am. et dixit bene* iraſcor
ego *uſque ad mortem. poſtea per* cel edre dunt
cil tel
17 et. *ſi debetiſ intelligere per Iudaeoſ* chi ſicci *et* aridi
permanent negan*teſ filium dei* . . . e e por elſ

---

7 *G* et convers; *B* e convers. 11 *GB* quant. 15 *GB* grances. 16 *G* edera. 17 *B: Aux mots* »per judaeos« *se rapportent ceux qui se trouvent à la fin du fragment.* (*l. 36*).

18 . . eſ doliantſ. car *co uidebant per ſpiritum prophete que cum genteſ uenirent ad fidem* . . . *ſi* astreient li *Iudei perdut ſi cum* il ore *ſunt.* Et [dixit dominus: Tu]

19 *doleſ ſuper* ederam *in qua non laboraſti neque feciſti ut creſceret. et ego non parcam* niniue *ciuitati magne in qua ſunt pluſ quam* [centum viginti millia hominum qui nesciunt quid]

20 *ſit inter dexteram et ſiniſtram* dunc *si dixit deuſ ad Ionam prophetam.* tu doulſ mult ad . . . *ſi* por

21 c *dixit in qua non laboraſti neque feciſti ut creſceret dixit.* e io *ne* dolreie *de tanta millia hominum ſi per*dut erent *dixit* . . .

22 . . . *dixit. Poſtea* en ceste *cauſa* ore *poteſtiſ uidere quanta eſt miſericordia et pietaſ dei ſuper peccatoreſ homineſ:* Cil *homineſ de* cele *ciuitate*

23 fendut. *que* toſt le *uolebat* . . . delir. e ro la *ciuitate uolebat* comburir *et ad nihilum* redigere. *Poſtea per* cel *predictam*

24 on fi*ſient.* e *ſi conterrement* fi*ſient ſi* a che *deberent ueniam et remiſſionem peccatorum ſuorum* . . . *deuſ omnipotenſ qui piuſ et miſericorſ et clemenſ eſt et qui*

25 *mereantur et uiuent. cum co uidetiſ quet* il *ſe erent* conuerſ *de uia ſua mala.* e ſiſ penteiet de cel mel *que* fait *habebant*

26 . . . *liberat* de cel peril. *quet* il *habebat decretum que ſuper* elſ mettreiet. *Cum poteſtiſ* ore *uidere et* entelgir . . .

---

18 *GB* doleants. 21 *B* »*au dessus de* c *on voit* ſt.« 22 *B* »*avant* postea *un mot illisible et au dessus à ce qu'il semble* dixit.« 23 *GB* tota la civ. 24 *P* fisent. 25 *GB* quant. 26 *GB* quant.

27 . . . chi ſil fe*ent cum* faire lo deent. e *cum* cil lo fi*ſient* dunt ore aueiſt odit. e poro *ſi uos* auient

28 n facieſt ceſt *predictam poenitentiam quet* oi comen-cieſt. ne aiet niulſ male *uoluntatem contra* ſem peer. *ne habeatiſ*

29 aieſt cherte *inter uoſ. quia caritaſ* operit *mendam peccatorum.* ſeietſt unanimeſ *in dei ſeruicio et* en tot

30 ſire *remunerati.* fai*teſ* uoſt almoſ*neſ ne ſi cum* faire *debetiſ* e faiteſ uoſt *elemoſynaſ.* cert *co ſapitiſ*

31 acheder *co que* li *preiretſ.* preieſt li *que de* cest *periculo noſ liberat* chi *tanta mala noſ habemuſ* fait.

32 *de paganiſ* e *de* malſ *chriſtianiſ. Poſcite* li *que* ceſt *fructum que* moſtret *noſ habemuſ* que l *noſ con-ſeruet et ad* maturi

33 . iure lo poſcio*meſ* e celſ *elemoſynaſ* ent *poſſumuſ facere que* lui ent *poſſumuſ proferre. Poſcite* li *que remiſſionem omnium peccatorum noſtrorum noſ*

34 *. . . faciat noſ ad gaudia aeterna peruenire. Ibi ualebimuſ gaudere et exſultare ſine fine cum omnibuſ ſanctiſ per eterna ſecula ſeculorum quando ipſi inuiſere dignemur quae uidere*

35 *ſanctiſ glorioſuſ deuſ per aeterna ſecula ſeculorum.*

36 *per Iudaeoſ* por *quet* il en cele duretie. et en cele. encredulitet *permeſſient. et etiam* plorat *ſi cum* diſt e le *euangelio*

37 — lieu. *de* auant diſt.

---

27 *GB comme.* *P* fisent. 28 *GB* quant. *B* comensiest. 31 *G* preiets li. 32 *G* que el; *B* qu'el; *L* que-l. 33 *L* posciom? 36 *GB* porquant. *P* permes[is]sent.

LA PASSION DU CHRIST.

CH: Champollion-Figeac. Documents historiques inédits. Paris 1848. IV, 424 ss. — *D*: Diez. Zwei altromanische Gedichte. Bonn 1852. P. 1 ss. — *D*2: Diez. Jahrbuch für romanische und englische Literatur. VII (1866), p. 361 ss. — *Ds*: Delius ib. — *H* et *H*2: Sitzungsberichte der kgl. bayer. Akademie der Wissenschaften. 1855 et 1867. — *B* (*B* 123): Bartsch. Chrestomathie de l'anc. franç. Leipz. 1866, 1872, 1875. P. 7 ss. — *P*: G. Paris. Romania II (1873), p. 295 ss. — *L*: Lücking. Die ältesten französischen Mundarten. Berlin 1877. P. 38 ss. — *P*2: G. Paris. Romania VII (1878), p. 113 ss.

1 Hora uoſ dic uera raizun.
de ieſu xp̄i paſſiun.
loſſoſ. affanz. uol remembrar
per quę ceſt mund tot aſaluad:
2 Trenta. treſ anz. et al queſ. pluſ
deſ quę carn preſ. interra. ſu.
per tot obred que ueruſ deuſ
per tot ſoſteg quę hom carnalſ.
3 Peccad negun. unquę non fez
per epſ loſ noſtreſ. fu auciſ
la ſua morz uida noſ rend.
ſa paſſiunſ toz noſ redepnſ
4 Cum aproiſmed ſapaſſiunſ
cho fu nr̄a redemptionſ.

---

4 *P* que. 6 *P* que. 11 *ChP* mort. 12 *P* tot? 14 *Devant* redemptionſ *le facs. montre les lettres* rede.

7 (*P*2 p. t. que verus deus obred.). 8 *DD*2 carnels; *L* charnels. (*P*2 p. t. que hom carnals sosteg). 9 *DD*2*L* fist. (*P*2 Unque non fez peccad negun). 10 *L* por. (*P*2 Per eps los nostres aucis fu). 12 *ChDP* redenps; *L* redenst.

aꝑiſmer uol alaciutat
afanzperno^s ſuſteg·

5 Cum el ꝑueing abet fage
uileſ dêſoz mont oliuer
auant delſ ſoſ doſ enueied
unaſnę adducere ſeroued.,

6 Cum cel aſnez fu amenaz
delor mantelz ben lant parad
delor mantelz delor ueſtit.
bēli apreſtunt oſſaſſiſ;

7 Per ſua grand humilitad.
ieſuſ rex magneſ ſuſ monted
ſicum propheteſ anz mulz diſ
canted aueien de ieſu criſt.

8 Anz petiz diſ quę cho fuſ fait
iħſ. lo lazer ſuſcitet
chi qua tre diſ enmoniment
iagud aueie toz pudenz.,

9 Cum co audid tota lagent.
quę iħſ ue loreiſ poden z
chi epſ lomorz fai ſe reuiuere
agrand honor en con traxirent

2 *ChD* susteguest. *P*(*L*) susteg mult greus (»*Les mots* mult gr. . . ., *oubliés d'abord par le scribe, ont été reintégrés dans l'interligne; j'hésite pour savoir si on doit lire* granz *ou* greus«). *Les syllabes (ou la syllabe) oubliées d'abord et reintégrées par le copiste à la marge, ne sont guère lisibles dans le facs. et ne paraissent pas propres à confirmer la leçon de P.* 4 *ChPL* desoz. · *P* oliuet?

1 *DD*^{2} ci(u)tet; *L* a la citet volt aproismier. 4 *DP* vil'es; *L* vil'est; *H* u il es; *cf. D*^{2} *p. 363.* *P* Olivet; *L* Oliveit; *cf. 117 b.* 6 *L* aduire. 9 *L* vestiz. 10 *ChP* o ss'assis; *D* o s'assis; *L* o s'asist. 11 *D*^{2} *P*^{2} humilited. 12 *L* magnes est sus montez. 14 *D*^{2} avién; *P* avren(t)? *L* aveient. 15 (*P*^{2} fait fus). 16 (*P*^{2} Lo lazer suscitet Ihesus). 17 *L* en monument. 21 *P* lo mort; *L* les morz. *D* faisiet revivere; *L* fait se revivre.

10 al quant delſ palmeſ prendent ramſ
delſ oliuerſ alaquant laſ brancheſ
en contral rei qui fez locel
iſſid lodii lepopleſ lez.
11 Canten ligran elipetit
fili dauit fili dauit
paliſ ueſtit paliſ mantenlſ
dauant. extendent aſſoſ pez,
12 Gran folcſ aredre gran dauan.
gran epetit deu uan. laudant
en ſobre tot petiz enfan
oſ anna ſemꝑ uan clamant.
13 Ala ciptad cum aproiſmet
et el lauid el laſgarded
deſon piu cor greu ſuſ piret
deſſoſ ſanz olz fort lagrimez
14 Hieruſſalem. hieruſſalem.
gaitediſ el per toſ pechet
penſar non uólſ penſar nol póz
non to per met toſ granz orgolz;
15 Ve[n]rant lian uenrant lidi
quez taſal dran toi inimic
il tot entorn tarberiaran
et aterra crebantaran.
16 Loſ toſ en fanz qui inte ſunt

---

4 *P* lodit. 7 *P* uestiz. 11 *P* petit. 16 *ChP* lagrimet. 18 *P* pechez? 22 *P* quet? 25 *PL* toz. *P* en fant?

1 *P* rames; *L* raimes. 2 *Ch* alquant d. o.; *D* alquant d. o. los broncs. *PL* alquant. 4 *ChP L* lo di. 7 *DP* (peliz) mantels. *L* palies, vestiz, mantelz, ramiers. 8 *Ch* estendent. as sos; *DL* a sos; *P* a ssos. 11 *L* toz petit. 14 *Ch* et la s garded; *D* el la s'garded; *P* e lla sgarded; *L* e la swardat (: lacrimat). 16 *Ch* des sos; *DL* de sos; *P* de ssos. 18 *P* pechez; *L* por tos pechiez, dist il, wai tei! 19 *L* penser no-l vuols. 22 *P* quet; *L* que. 25 (P^2 qui in te sunt, los tos enfanz).

amaleſ penaſ aucidrant
entoſ belz murſ. entaſ maiſonſ
pedraſſub altre non laiſerant.
17 Litoi caitiu per totaſ genz
menad eneren atormenz
quar eu te fiz num cognoguiſt
ſaluar te ui^{n}gnum receubiſt.
18 Cum cho ag dit et per cuidat
enteplũ deu ſemper intret
loſ marchedant quae introbed
agrand deſtreit forſ loſgitez.
19 Loſſoſ talant ta̧ fort monſtred
que grant preſ pauorſ : alſ iudeuſ
dedobpla cordalz uai firend
tot lor marched uai deſſazend.
20 Felo iudeu cum il cho uidren
enz lor corſ grand an en ueie
per malſ con ſelz uan demandan
nr̃e·ſennior cum tradiſſant.,
21 Lo fel iudeſ eſcarioth
alſ iudeuſ ueng ra enreboſt.
que men darez eluoſ tradran
uoſ treſ talenz ad emplirant
22 Trenta denerſ dunc lien promeſdrent

---

4 *P* gent? 5 *P* atorment. 9 *ChP* templum. 10 *P* marchedanz? 11 *P* losgitet? 12 *P* talanz? *ChPL* ta.

1 *D*^{2} occidrunt; *L* ocidront. 3 *Ch* pedras sub; *D* pedra sub; *P* pedra ssub; *L* piedre sovre. *D* lairant; *D*^{2} laiseront; *L* laisseront. 8 *L* ot. *P* precuidat; *L* precuidiet; *P*^{2} percuidet. 9 *L* sempres entrat en temple Dieu. 10 *PL* emarchedanz. *ChP* in trobed; *D* inz trobed; *L* cui (?) enz trovat. 11 *DP* los gitet; *L* les gitat. 12 *H*^{2} lo ss. *P* talanz; *L* talanzat f. 13 *L* granz pavors prist. 14 *L* ferant. 16 *L* veient. (: enveie). 17 *DPL* enz en. *D*^{2} envie. 22 *DPL* tradrai. 23 *DPL* ademplirai. 24 *L* li 'nt. *D*^{2}*L* promisdrent.

ſon bon ſennior que lo tra diſſe
ſi ćhera merz uen ſi petit
hanc non fud hom qui magiſ laudiſ:,
23 Et ^{u}cel di que dizen paſcheſ
cum la cęna ih̃ſ. oc faita
el ſuſ leued del piu manier
aſſoſ. fedelſ laued. liſ ped.
24 Et ꝑ lopan. et per louin.
fort ſaccra ment lor commandez.
per remembrar ſapaſſiun
que faire roua atreſtot.,
25 Depan et uin ſancti ficat.
tot ſoſ fidelſ iſaciet
maiſ q; iudeſ eſcharioh
cui una. ſopa enflet locor.
26 Iudaſ cum og manied. laſopa
diable ſen enz enſagola
semꝑ leued del piu, manier
tot alſ iudeuſ o uai nuncer.
27 Ih̃ſ lobonſ per ſapietad
tan dulce ment preſ apar ler.
ſobre ſoꝰ peˡz fez condurmiz
ſant iohan lo ſon. cher amic
28 A cel ſopar un ſermon fez

---

11 *P* atrestoz. 13 *P* toz? 18 *P* maniar. 22 *P* condurmir?

1 *ChDL* lor. 3 *L* mais. 6 (P^2 Del piu manjar il sus leved). 7 *Ch* as sos; *DL* a sos; *P* a ssos. *P* pez; *L* piez. (P^2 lis pedz laved). 8 D^2L Et per lo vin et per lo pan (*L* pain). 9 D^2 commanda; *L* comandat. 10 *L* por. 11 *L* ruovet. *PL* a trestoz. 13 *PL* toz. *L* at saciiet. 14 *L* Escarioth. 15 *L* lo corps. 17 *Ch* diables enenz; *D* diables ven enz; *Ds* diables er; *P* = *ms.* (sen = *sentit*); *L* diable sent. 20 *L* pitet. 22 *DP* condurmir; *L* condormir. 24 D^2L fist. (P^2 Un sermon fez a cel sopar).

chi cel non ſab tal non audid
contralſ afanz que an apader
toz ſoſ fidelſ ben en garnid.

29 Alo ſanc pedre per cho inded
quę cęla noit luineiara
pedreſ fort ment ſen ad uned
ꝑ epſa mort nol gurpira.,

30 Xp̃ſ ih̃ſ den ſen leued
geh ſeſmani uileſ nanez
toz ſoſ fidelſ ſeder rouet
euan orar ſolſ enanez,

31 Granz fu li dolſ fort marrimenz
ſicon dormirent tuit adeſ
ih̃ſ cum ueg loſ eſueled
treſ toz orar be[i]nloſ manded.

32 E dunc orar cum el anned
ſi fort ſudor dun. queſ ſuded
quę cum loſagſ aterra curr
deſaſudor laſ ſanctaſ gutaſ.

33 Alſoſ fidelſ cum repadred
tam benlement loſ con forted
li fel iudeuſ iaſ aproiſ med
ab gran com pannie delſ iudeuſ.

---

5 *ChP* nuit. 11 *P* enanet? 12 *P* Grant. 15 *ChPL* ben.

1 (P^{2} non audid tal). 2 *ChD* qu'an; *L* qu'ont. *DL* a padir. (P^{2} qu'an a pader). 3 (P^{2} Ben en garnid toz sos fidels). 4 *D* Pedre cho indiqued *ou* indited, HD^{2} perchoinded; (D^{2} perchoinda); *P* precoided; *L* precuidat. 6 D^{2} aduna; *L* adunat. 7 *L* por. 9 *L* Gethsemani. *Ch* viles n'anez; *DBP* vil' es n'anez; *H* u il es; *L* vil' enz alat. 11 $ChDB^{12}$ e van; *L* avant; PB^{3} avan. *DBP* en anet; *L* ent alat. 18 *DB* sangs; *L* sancs. *DBP* curren; *L* corrent. 20 *Ch* DB^{13} *PL* Als sos; B^{2} Al sos. 21 *P* belement; *L* bellement. 22 H^{2} PB^{3} Judas. *L* Ia s'aproismat Iudas li fel. 23 *ChPL* cum. *Facs.* com (u *corrigé en* o).

34 Iħſ cum uidra los iudeuſ
zolor demandez que querent
illi reſpondent tuit adun
ihm̄ querem nazarenũ
35 Eu ſoi aquel zodiſ iħſ
tuit li felun ca de grent ioſ
terce uez lor odemanded
atotaſ treiſ chedent enuerſ
36 Maiſ li felun tuit traſſudad
uerſ noſtrę donſon aproiſ mad
iudaſ li uel en senna fei
celui prendet cui baſſærai.
37 Iudaſ cum ueggra ad iħm
ſemper litend loſon menton
iħſ libonſ nol refuded
altra detur baisair doned
38 Amicx zodiſ lobonſ iħſ
ꝑ quem tradeſ into baiſol
melz ti fura nõ fuſſeſ naz.
que me tradaſ ꝑ cobetad.
39 Ar mand eſterent euirum
detotaſ part preſdrent ieſum
noſ defended ne noſ ſuſted
alar mort uai cum unſ anel.,

---

2 *P* demandet? 6 *P* cadegren. 12. *ChP* bassarai. 22 *P* parz?

2 $ChDB^1$ demande; B^{23} *PL* demandet. HD^2 queretz; *DBP* querént; *L* quereiz. 7—10 *L* lor o demandet tierce veiz: chiedent envers a totes treis. Mais tressudet tuit li fellon sunt aproismiet vers nostre don. 11 *ChDBPL* fel. D^2 fai; *L* fait. 12 *DBP* baisarai; *L* baiserai. 17 D^2PB^3 Ihesus lo bons. 21 *DBP* armad; *L* armet. 22 *PL* parz. 23 *Ch* no s susted; *D* no s'usted (usted = *osted*); *B* nos usted; *P* no ss'usted; *L* non s'ostat. 24 *DBP* a la. *L* cum uns anielz a la mort vait.

40 Sanct pedre ſolſ ue"iiar lo uol
eſtraiſ. lo fer que allaz og
ſicon ſequed. u ſeru fellon
ladeſtre aurel[i]a li ex coſ.

41 Ih̃ſ libonſ ben red p̱ mal
laurelia ad ſer u ſemp̱ ſaned
liadenſ manſ cum eladron
ſilent meneu apaſſiun.

42 Donc lo[en]gurpiſſen ſei fedel
cum el deſanz diz lor aueia
ſanz pedre ſolſ ſeg̈uen. lo ·uai
quar ſuafin ueder uoldrat;

43 Anna nomnauent leiudeu.
acui ih̃ſ fur& menez
donc ſad unouent lifelon
ueder annouent preſ ih̃m,

44 Dequant il querent leforſſait
cum il ih̃m oiciſeſant
nonfud trouez ne en uenguz
quar el forſſait no feiſt neul;

45 Dauant leſted lepontifex
ſiconiur& pipſũ deu
quel lordiſſ&ſ p̱purafied
ſiuerſ ih̃ſ filſ deueſt il;

46 Tuepſ laſ deit reſpon ih̃ſ

---

3 *ChP* fellun (u *corrigé en* o *dans le facs.*). 4 *ChP* aurilia. 9 *Ch* Donc lo g.; *P* Dunc lo[oi] g.; *L* Donc len g. 10 *ChP* dit. 25 *P* respont.

5 *L* por. 6 *DBPL* al. 7 *DBP* liades; *L* Liiedes. 9 *P* lo i; *B*3 loi; *L* lui. 10 *DBPL* aveit. 11 *PB*3 seguen; *L* sevant. 13 *L* nomnevent. 15 *L* s'adunevent. 16 *L* alevent. 22 *L* si-l conjurat. per eps lo. 23 *PB*3 dissest. *L* per pure feit qu'il lor disist. 24 *D*2 deu il est.

tuitlifellon crident adun
maiorforſ fait que iquerem
ꝑl oi medepſ audit lauem;
47 Loſoſ ſanſ olſ duncqueſ cubrirent
acoleiar fellon lo preſdrent
enſobretot ſileſcarniſſent
dinoſ ꝓphete chito fedre
48 Forſ en laſ eſtraſ eſt& p&re
alfog luſeire læſ uuardou&
deſa raiſon ſi leſ fred
quelo deuſil lifai neier;
49 Anz que lanoit lo ialz canteſ
terce uez petre lo neiez
ih̄ſ libonſ. lo reſuuard&
lui recognoſtr& ſēꝑ fit;
50 P&ruſ dalo forſ ſen aled
amarament mult ſeplor&.
ꝑ cio laiſſed d̄ſ ſe neier
que denoſ aiet pieted;
51 Cū lematinſ fud eſclairez
dauant pilat len ant men&
fort ment louant ilacuſa nd
la ſoa mort mult demandant;

---

3 *ChP* per lui. 8 *P* estret. 9 *P* lesuuardouet. 13 *P* neiet?

4 *Ch* Lo sos; *DBP* Los sos; *L* Les sos. 5 *ChBD*^{2}*P* a coleiar; *D* a colpeiar; *L* a colleiier. 7 *Ch* chi to; *DB*^{1} chi te; *HD*^{2} *B*^{23} *P* chi t'o; *L* qui t'o. *D*^{2} fisdre; *L* fisdret. 9 *DB*^{12} l'eswardevet; *PB*^{3} l'æswardevet; *L* l'eswardevet al fou l'uissiere. 10 *ChDB*^{1} Et de sa. *HD*^{2}*P* l'esfredét; *B*^{23} l'esfreed; *L* l'esfreidat. 11 *PB*^{23} li fai neier; *L* neiier li fait. 13 *ChDBP* neiet; *L* neiat. 15 *PB*^{3} recognostre; *L* reconoistre-l sempre fait; *P*^{2} fez. 16 *L* Piedres. 19 *L* q. de toz nos a. pitiet.

52 Pilaz erod len enuiet
cui deſ abanz uoliet mel
deiñu xp̃i passion
am ſe paierent aciel iorn;
53 Lo fel herodeſ cũ louid
mult lez. ſemꝑ eneſdeuint
delui long tempſ mult aaudit
ſemꝑ penſed uertuz feiſiſ;
54 Demulteſ uiſeſ lapeled
iħſ li bonſ mot nolſoned
iudeu lacuſent el ſetaiſ
ad un reſpondre ñ denat;
55 Dunc lo deſpeiſ elecarnit
lifel herodeſ enceldi
blanc ueſtiment ſi laueſtit
fellon pilad loŕetrameſ;
56 Pilaz que anz len uol laiſar
nolconſentunt fellun iudeu
uida ꝑdonent al ladrun
aucid aucid crident iħm;
57 Barrabant ꝑdonent lauide
iħm inalta cruz claufriſdrut.
crucifige crucifige
crident pilat treſtuit enſemſ.:,
58 Cũ aucidrai eu uoſtre rei

---

2 *P* abant? 16 *ChPL* pilat. *Le facs. montre un* t *corrigé en* d *dans ce mot.* 17 *ChP* Pilat. *P* ant? 18 *P* fellon.

1 *L* Herode l'entveiat. 2 *L* cui mel voleiet des avanz. 6 *L* sempres. 8 *L* sempre. 13 *Ch* e l'ecarnit; *DBP* e l'escarnit; *L* e l'escharnit. 16 *D²L* lo retramist. 17 *B¹²* laiser; *P²* laisser. *L* Pilaz laissier vuolt l'ent aler. 22 *ChDBPL* claufisdrent. 25 *L* Eu vostre rei cųm ocidrai.

zo diſ pilaz forſ faiz noneſ
rũprel farai & flagellar
poiſſeſ laiſarai len annar;
59 Enſemſ crident tuitlifellunt
entro en cel enuan laſ uoz
ſitulaiſeſ uiure iħm
noneſ amicſ lemperador;
60 Pilaz ſaſ manſ dunqueſ laued
quedeſamort poſcheſ neger
enſemſ crident tuit liiudeu
ſobrenoſ ſia toz li pechez;
61 Pilaz cũaudid talſ raiſonſ
ialor gurpiſ nr̃e sennior
donc lorecebent lifellun
forſ lenconducent en la cort;
62 Depur pure donc loueſtirent
& enſaman un rauſ limeſdrent
corona pren[dent] dela ſ eſpineſ
& en ſon cab. fellun. laſiſ drent
63 Dedauant lui tuit agenolz
ſiſ excrebantent lifellon
dunc lo ſaludent cũ ſenior
& ad eſ carn emperador;
64 Etcũ aſez. lont eſcarnid
dunc liueſtent. ſon ueſtiment.

2 *ChP* rumplel. *Le jambage de la seconde* r *de* rũprel *dépasse sa longueur ordinaire de sorte que la lettre ressemble à une* l. 4 *P* fellun. 8 *ChP* Pilat. 11 *ChP* sobre noz. 12 *ChP* Pilat.

1 *L* non est forsfaiz. 5 *L* entre. 8 *L* dunque at lavet. 9 *L* neter. 11 *L* Toz li pechiez sovre nos seit. 17 D^2L li misdrent. 18 $DD^2B^{12}L$ dels. 19 B^2 la sisdrent; PB^3L l'asisdrent. 24 D^2 Et cum l'ont escarnit asez; *L* Et escharnit cum l'ont asez.

& el medepſ. ſi preſ. ſa cruz
auantoz uai. apaſiun.

65 Femneſ. lui uan detraſ ſeguen.
ploran lo uan. & gaimentan
ih̃ſ li piuſ. redre garder.
ab leſ femneſ. preſ. aparler;

66 Audez fillieſ iherlm
per me non uoſ eſt obplorer
mais ꝑ uoſ. & ꝑ uoſtreſ filz
plorez. aſſaz qui obſ. uoſ eſ;

67 Cũ el ꝑ ueng agolgota.
dauan laporta. delaciptat.
dunc lor gurpit ſoe chamiſæ.
chi ſenſ cuſturæ. fo faitice;

68 Il nol. auſer̃ deramar.
maiſ aura ſort. angitad.
non fut partiz. ſoſ ueſtimenz
zo fu granz ſigna tot ꝑ uer;

69 En huna f&. huna uert&
tuit ſoi fidel deuent. eſter
lo ſoſ regnaz noueſ deuiſ
en caritad. toz eſ uniz;

70 E delſ felunſ que u uoſ diſ anz

---

5 *P* gardet? 13 *P* sa ch.; *mais cf. Romania III, 509*.
19 *ChP* vertat.

3 D^2 seguen a (de) tras *ou* atr. siwant; *L* de tres sevant. 5 B^{23} gardet; *P* gardet *ou* garder; *L* riedre at wardet. 8 DB^1P obs plorer; *L* nops pl. 9 *L* por *(bis)*. 10 D^2 qu'obs vos est i *ou* ci; *L* qu'uops vos est il. 11 *L* A Golgota cum il pervint. 12 D^2 Anz la p. B^{12} del ciptat; *L* de la cit. 15 $ChDPB^3$ auseron; B^{12} auseren; *L* auserent. 16 *DBPL* mais qui l'avra(t). *H* sort en an g. 18 *L* por. 23 *Ch* que u; DB^{12} que eu; PB^3L qu'eu.

lai dei uenir oeu laiſei
quar illo fel meſclen ab uin
nr̃æ ſenior. loten den il;

71 Cũ lan leuad. ſuſ en la cruz
doſ aſoſ laz penden laſ runſ
entre celſ doſ pendent ih̄m.
il p̱ eſcarn o fan treſ tot;

72 Cũ il lan meſ ſuſ en la cruz
gran fan eſcarn gran cridaizun.
enſobretoz unſ delſ ladrunſ
el eſcarnie. rei ih̄m;

73 Reſpond& lal tre mal idiz.
el mor atort ren non forſfez
maiſ noſ a dreit p̱ colpaſ granz
eſmeſ oidi enceſt ahanz;

74 En uerſ. ih̄m ſoſ olz toned.
ſi pia ment lui appelled.
dem& membreſ p̱ta mer&
cũ tu uendraſ criſt enton. ren;

75 Reſpon. li bonſ. qui non mentid.
chi en epſa mort ſẽ p̱ fu piuſ
euto prom& oi en ceſt di
ab me uenraſ in paradiſ;

---

5 *Devant* doſ *le facs. montre les traces d'un mot gratté.* 9 *P* criduizun. *L'a de cridaizun semble être corrigé en* u; *mais la lettre peut être aussi bien un* u *corrigé en* a. 12 *P* li altre. 19 *P* christ. 21 *ChP* su.

1 *HD*² Anz lui doi venjro (vengro) cu l'aiser (aisil). *B* Anz lai etc. *P* (23) vos diz anz (1) lai dei venir o eu l.; *L* (23) vos dis anz (1) lai dei venir o vos l. 7 *D*² trestuit. 9 *Ch* cridarun; *DB*¹ cridazun; *B*² criduizun; *P* cri duizũn; *L* cridaizon. 11 *D*² escarneie *(Impf.)*; *L* escharnit lo rei. 12 *P* **Respondet** li altre; *L* Respont li altre. 13 *D*²*L* forsfist. 16 *ChDBP* torned; *L* tornat. 19 *L* en ton reing, Crist (: mercit). 21 *L* qui'n. sempre.

76 O deuſ uerſ. rex iħu criſt
cital don faiſ ꝑ ta merc&
chi ꝑ hunua con feſſion
uide ꝑ doneſ al la drun;
77 Noſte laudam. & noit edi
de noſ aieſ uera merc&
tu noſ ꝑ done celz pecaz
que noſ u&deſt tua pi&ad;
78 Iuſ que nona deſ lo meidi
treſ tot ceſt mund granz noiz cubrid
fui lo ſolelz & fui la luna
poſt que deuſ filz ſuſ penſuſ fu e;
79 Ad epſa nona cũ ꝑueng.
dunc eſcrided. iħſ granz criz
hebraice fort ment lo diſ.
heli heli perquem g^ulpiſt;
80 Vnſ del fellunſ chi ſta iki
ſuſ en la cruz liten laz&
iħſ fort men dunc re erid&
le ſp̃ſ delui an&;
81 Cũ de iħu lanman an&
tan durament terra croll&

---

2 *Ch* aital. *P*: »*Ce que Ch. a pris pour* ai« (*et ce qui ressemble plutôt à* ci), »*c'est un signe pour moi inintelligible, qui a été écrit au dessus d'un mot effacé.*« *Cf. L p. 64.* 5 *P* et di. 11 *P* e fui. 12 *Ch* fues; *PL* fure. *Entre l'u et l'e de ce mot il y a dans le facs. une lacune où se trouve seulement la barre d'une* r. 17 *P* dels. 22 *ChP* tant.

1 *D*² o vers. *BP* o Ihesu; *L* o Iesu. 2 *P* tal don nos fai. *L* qui tel. *D*²*L* mercit. 3 *Ch* hum va; *DB*¹ humil; *H*² humila; *B*²³ humla; *P* huna; *L* por une. 6 *D*²*L* mercit. 8 *Ch* que nos ne dest; *DB* qu'en nos vedes (*B*² vetdest) per ta p.; *HD*² rede(n)st; *PB*³ qu'e nos vedest tua p.; *L* qu'en nos vedis, per ta pitiet (: pechiez). 13 *D*²*L* pervint. 16 *L* werpis. 17 *DBL* dels.

r-ocheſ fendient. chedent munt.
ſepul cra ſanz obrirent mult;
82 Et mult corpſ ſanz en ſun exit
& inter om̃ſ ſunt ue dud
qui intemplm dei cortine ꝑend
iuſche la terra ꝑ mei fend;
83 De laz la croz eſt& mari&
de cui iħſ uera carn preſdre
cum cela carn uidra murir:
qual agre dol nol ſab. om uiuſ;
84 Ela molt ben ſab. remembrar
deſoa carn cũ deuſ fu naz
ial uedeſ ela ſi morir
el reſurdra cho ſab ꝑ uer;
85 Maiſ nẽꝑro granz fu li dolſ
chi trauerſ& ꝑ lo ſon cor
nulz om mortalz nol pod penſer
ſanz ſymeonz loi ꝑ cogded;
86 Ioſepſ pilat mult a preiar
locorpſ iħu quelli doneſ
a grand honor ellen port&
en ſoſ chamſilſ len uolop&
87 Nicodemuſ del laltra part

---

2 *P* sant? 3 *ChP* sans. 19 *P* preiat? 22 *ChP* lenvelopet.

1 *DBL* fendirent. 2 HD^2B s'anz; *P* sant; *L* sainz. 3 PB^3 sant; *L* sainz. DPB^3 exut; *L* issut. 4 *L* et entre toz il sunt. 5 $ChDB^1$ qu'in templum; $B^{23}P$ qui in t.; *L* qu'en temple Deu. 6 HD^2 jusches a terra. 8 D^2L prisdre(t). 13 D^2 moren; *L* morant. 14 *L* ço set por veir, il resurdrat. 15 B^1 nenpero; *L* nemporo. 17 *L* penser no-l pot; P^2 pensar. 18 DB^{12} lo; PB^3 l'ot. *DB* precogded. *L* s. s. precuidiet l'ot. P^2 precogdad. 19 *DBP* preiat. *L* mult per preiat. P^2 preiet. 20 *ChDBP* qu'el li; H^2 que lli; *L* qu'il li. P^2 donast. 23 *Ch* del l'altra; *DB* de l'altra; *P* de ll'altra; *L* de l'altre.

mult unguement hiaport&
enter mirra & alõn
quaſi cent liuraſ adonad;
88 A grand honor deceſ pimenc
laromatizen cuſche ment
dunc lo pauſen el monument
o corſ'p non iag ancacel tempſ,
89 La ſoa madre uirge fu
& ſen peched ſi port& lui
ſoſ munument fure toz nouſ
anz lui noi iag unque nulz om;
90 Non fud aſſaz anc alſ fellunſ
dauant pilat treſtuit en uan
noſte præ iam ꝑ ta merc&
gardeſ imet non ſia emblez;
91 Quar el zo diſ que reſurdra
& al terz di uiuſ pareiſtra
emblar lauran li ſoi fidel
atoz diran que reuiſ qu&;
92 Granz en auem agud erorſ
or en aurẽ pece maiorſ
armaz uaſſalz dunc lor liur&
lo monument lor comand&
93 Xp̃ſ ih̃ſ qui deuſ eſ uerſ
qui ſẽꝑ fu & ſẽꝑ eſ

---

1 *P* liaportet. 7 *ChL* corps; *P* corsp. 12 *ChP* fuc. 15 *P* imer? 18 *P* emblat? 22 *ChP* armdaz.

1 D^2 hi aporta; *L* i aportat. 3 *L* quaisses. D^2 *L* a(t) donet. 4 *PL* pimenz. 7 *BP* corps. H^2 ant acel. 11 *ChDP* no i; *B* noi; *L* n'i. 13 *D* vunt; *L* vont. 15 *L* wardes i met jusqu'al tierz di (: mercit). 18 *P* emblat. *L* li soi fedeil emblet l'avront. 19 *L* que revesquit, a toz diront. 24 *L* qui vers est dieus. 25 *L* e sempres iert.

ia foſ la chanſ delui auciſe
regn& ꝑ o cũ anz ſe feira;
94 Qua el en feʳn dunc aſal̃it
fort ſatanan alo uenqu&
ꝑ ſoamort ſila uencut
quecontra omne non uertud:
95 Et qui era liom primerſ
elſoi enſfant ꝑ ſon pecchiad
eli p&it eli gran
& qui eſteuent ꝑmulzanz:
96 Quar anc non fo nul om carnalſ
en cel enfern non foſ anaz
uſq; uengueſ qui ſenſ pecat
ꝑtoz ſolſeſ comuna lei;
97 Argent ne aur non idon&
maſq; ſon ſang & ſoa carn
deg cel enfern toz noſ liᵘdr&
en paradiſ loſ arƀg&
98 Et al terz di lo mattin clar
cũ ſoleilz fo eſclairaz
treſ femneſ uan al monument
molt carſ portauent unguemenz;
99 Langeleſ deu decel deſſend

---

1 *Ch* charn; *P* chars. »*Les deux dernières lettres de ce mot sont très-peu nettes; on peut lire* charns *ou* chans *ou* chars.« *P.* 6 *P* non a uert. 17 *ChP* liuret. »*L'*u *écrit dans l'interligne était destiné à remplacer le* d, *mais le scribe a oublié d'effacer cette lettre.*« *P.*

3 *ChD* Quand. a salit. *L* Quar. 4 D^2L venquit. 6 *L* non at. 7 *DsHD*^{2}*PL* Equi. 8 D^2L pech(i)et. 9 *D* petitet. *H* e tuit li petit; *PL* e li petit tuit. 10 *voy.* 7. 13 D^2P^2 pechet. *L* usque qui sens pechiet venist (24) comune lei por toz solsist. 17 *DPL* de. *P* los; *L* les. 18 *ChD* nos; *L* les. 20 *PL* li soleilz. 22 *L* portevent. 23 *PL* Li angeles.

ſiſaproiſm& almonument
tal a regard cũ focſardenz
& cũ laneuſ blanc ueſtimenz
100 En paſ quel uidren leſ cuſtodeſ
ſi ſeſpauriren de pauor
que quaiſſeſ morz aterra uengren
degran pauor que ſoblel uengre;
101 Suſ en la peddre langel ſ&.
ſi parl& alaſ femneſ diſ
uoſ neient ci ꝑ que crement
que ih̄m xp̄iſ ben requer&
102 Anaz eneſ & non eſ ci-
tot acō plit quim que uoſ diſ
uenez ueder lo loc uoiant
o li ſoſ corpſ iac deſ abanz
103 A ſoſ fidel tot annunciaz
maſ uoſ p& drun noi ob lidez
engalilea auant enuai
allol u&ran o dit lor ad;
104 Elles dequi cũ ſunt tor nadeſ
ih̄ſ laſa ſenpren contradaſ
dunc recon noſ ſent lo ſenior
ſi ladorent cũ redēptor;

11 *ChP* Christ. 13 *Au lieu de* quimque *on peut lire aussi* quunque *avec Ch et P*. 19 *P* vętran. 22 *ChP* sennior.

3 *P* blancs. *L* li nuofs vestimenz blancs. 4 *D* pos. *P* li coustou *ou* Les custodes, en pas che l'vidren, (5) De pavor si s'espauriren. *L* li costod. 5 *L* s'espavrirent. 6 *PL* mort. 7 *Ch* sob loi; *D* sob lor; *P* sobr'els; *L* sovr'elz. 8 *P* li angel(s); *L* li angeles sist. 9 *ChD rejettent* dis *au vers suivant*. *L* ab les. 10 *HD*² venent (= *venez*). *Ch* crenient; *D* creniez; *L* cremeiz. *L* no'st. por. 11 *D* requerez; *L* requereiz. *L* Crist. 13 *D* qu'unque; *P* quanque; *L* quantque. 14 *D* voiat. 16 *P* fidels. *D*² annunciez. *L* Tot annunciez a sos fedeils. 17 *ChDP* no i; *L* n'i. *P*² oblidaz.

105 Lo nr̃æ ſeindræ enepſ cel di
ueduz furæ ueiadeſ cinc
primeral uit ſcă mariæ
decui ſep diableſ forſ medre
106 Em preſ lo uidren celleſ duæſ
del munument cũ ſe retor nent
p& dreſ lo uit enepſ cel di
ab lui parl& ſilcon iau dit;
107 En uerſ lo ueſpræ enuerſ lo ſer
dunc lo re uidren ſoi fidel
caſtel emauſ ab el[z] entr&
abel enſemble ſi ſopet;
108 Iaſadunent li ſoi fidel
ia diceu tuit que uiuſ era
cũ il menauen tal raizon
ih̃ſ eſt& en m& treſtoz;
109 Pax uobiſ ſit diſ atreſtoz
eu ſoi ih̃ſ qui paſſus ſoi
uedez maſ manſ uedez moſ pedſ
uedez mo laz qui fui plagaſ;
110 Fort ment ſun il eſpauent&
illi non credent que aia carn
zo penſent il q; ent' el
le ſp̃ſ apareguеſ;
111 Mel epeiſonſ equi mang&

---

1 *P* nostre. 11 *ChP* el. 14 *ChP* dicent.

4 *DPL* sept. D^2 misdre; *L* misdret. 10 H^2 doi fid.; *P* doi lo revidren s. f.; *L* d. l. revidrent doi fedeil. 12 *DP* els; *L* elz. 14 D^2PL esteit. 15 *L* menevent. 20 *P* plagaz; D^2 plagués (playez); *L* plaiiez. 21 D^2P^2 espaventat. *L* Espaventet fortment sunt il, (22) qued aiet charn, no-l creident il. 22 D^2 chair. 23 *DP* els; *L* elz. 24 *L* li esperiz aparevest.

en ueritad loſ confirm&
ſa paſſionſ peiſonſ toſtaz
lo melſ ſigna deitat;
112 Alqueſ uoſ ai deit deraizon
que ih̄ſ fez p' paſſion
tot nol uoſ poſc eu ben comptar:
nol pod nul om de madre naz.
113 A ſoſ fidel quaranta diſ
ꝑ mulz ſem blanz
enſembla belz bec eman ied
deregnũ deu ſēꝑ parl&;
114 E ꝑ eſ mund roal allar
toz babzizar intrinitad
qui lui credran cil erent ſalu
qui nol cr&ran ſeran damnat;
115 Signeſ faran li ſoi fidel
qualſ el abanz faire ſoliæ
lingueſ noueſ il parlaran
& diableſ encal ceran;
116 Sialcunſ delſ beuen ueren
nonauramal zo ſab ꝑ uer
ſobræ malabdeſ manſ m&ran
& ſanitad atoz rendran;
117 Suſ enumont don chef mont&
que holiuet numnat uo ſai

---

4 *ChP* dedeit. 8 *P* fidels. 10 *P* bels. 13 *ChP* babtizar. 22 *P* sobret.

2 *PL* passion. 3 *P* et lo; *L* e li 9 H^2 *supplée* converseit il, *P* se monstret il, *L* se monstret vifs. 11 *L* del regne Deu sempre parlat (: manjat). 12 H^2P roa l's; *L* rova-ls. 14 *L* cil ierent salf qui lui credront. 15 *L* damnet seront. 17 *ChD* soliet; *PL* soleit. 20 *L* beive venein. 21 *L* por.

leu& ſa man ſil benediſ
uengre lanuuolſ ſilcollit;
118 E lor uedent mont& en cel
ad dextriſ deu ih̄ſ eſ ſ&
qui uenra toz iudicar
atoz rendra eben emal:
119 Li ſoi fidel en ſontornat
aldezen iorn ia cũ ꝑ ueng
ſp̄ſ ſc̄ſ ſobrelz chad
deglo didicent pentecoſtem
ſilſ en flam& cũ fugſ ardenz;
120 Ildeſ ab anz ſunt aſerad
de criſt non ſabent mot parlar
en paſche ueng uertuz de cel
il non dobten negun iudeu;
121 Pertoz lengatgueſ uan parlan
laſ uirtuz criſt uan annuncian
no lor pod om uiuſ contraſtar
ſigneſ fazen ꝑ podeſtad;
122 Spandut ſunt ꝑ tot ceſ mund
regnum dei nun cent ꝑ tot
conuertent gent & popu
xp̄ſ ih̄ſ ꝑ tot abelz;

---

4 *P* set. 9 *P* sobrels. 10 *Glose du texte.* 16 *ChP* tot. 22 *ChP* per tot conuertent.

1 *D* si ls; *P* si l's; *L* si-ls. 3 *L* E lo. 4 *DP* se set; *L* se siet. 5 *ChD* venra nos toz; *P* d'equi venra; *L* toz nos jugier d'equi venrat (6) e bien e mel a toz rendrat. 7 *D*[2] *P*[2] son tornat; *L* tornet ent sont. 8 *L* Ia cum pervint al dezme jorn (9) sovr'elz chadit Esperiz Sainz. 9 *D*[2] ched. 12 *H* aferad; *Ds* eserad. 14 *ChD* en pasche; *HD*[2] *P* en pas che; *L* en pas que. de ciel vertuz. 15 *L* Iudeu neun. 16 *DPL* lenguatges. 20 *DPL* Espandut. 21 *L* lo regne Deu. 22 *L* per tot convertent. *Ch* gent et pople; *DP* pople et gent; *L* puople e gent. 23 *L* Crisz Iesus est.

123 Lo ſatanaſ dol enagrand
alſ deu fidelſ fai durſ afanz
alcanz encruz fai loſ leuar
alquanz deſ padeſ degollar:
124 Elloſ alquanz faieſcorter
alquanz en fog uiuſ trebucher
& engradilielſ fai toſter
al quanz ap p&dreſ lapider:
125 Luique aiude nulſ uencera
cũ peiſ lor fai il creiſent maiſ
locap acriſt eſuegurad
ꝑ tot eſ mund eſ ad horaz;
126 Noſ ceſteſ pugneſ non auẽ.
contra noſ epſ pugnar deuẽ
fraindre deuẽ noſtræ uoluntaz
que part aiam ab noſ deu fidelſ;
127 Quar ſinimunz non eſ mult lon
& regnũ deu fort ment eſ prob
drontre noſ lez facã lo ben
gurpiſſẽ mund & ſom peccad;
128 Xp̃ſ ih̃ſ qui man en ſuſ
merc& aiaſ depechedorſ

3 *ChP* alcans. 5 *ChP* escorcer. 6 *P* alquant? 11 *ChP* a crut el uegurad. 12 *Ch* adhorat; *P* adhorad. 17 *ChP* est. 18 *P* est

3 *DP* soslevar; *L* les lever. 5 *DP* Et los; *L* E les. escorchier. 7 *Ch* en gradi li els fait; *D* en gradilie ls fai; *P* en gradilie l's fai; *L* en gradilie-ls fait. 9 *ChD* nuls; *P* nu l's; *L* no-ls vencrat. 13. 14 *ChD* aven, deven; *PL* avem, devem. 15 *DPL* fraindre. *D*² *P*² voluntez. *Ch* nostra; *D* nos; *PL* noz. 16 *D* qu'aiam part ab los deu fed. *H*² sos fed.; *P* los fed; *L* ab Deu fedeils. 18 *L* e-l regne. 19 *DPL* dontre. *Ch* faça; *D* façan; *P* façam; *L* faciem. 20 *ChD* gurpissen; *P* gurpissem; *L* werpissem. *D*²*L* pech(i)et. 21 *D* ²*P* mans. *L* Qui mains en sus, o Iesu Crist. 22 *L* de pechedors aies mercit.

entalſ raizon ſiam meſpræſ
p̱ tapitad lõ p̱ doneſ;
129 Te poſ che r&dræ gr̃æ
dauant to paire gloriæ
ſanz ſpm̃ poſche laudar
& nunc p̱tot in ſcła AMHN

---

3 *P* rendre. 5 *P* sant?

1 *P* raizons. an. (Si an mespres en tal raison). *L* sed ont mespris en tels raizons. 2 *ChD* lor; *P* lo (Per ta pitad perdone lo *ou* lor). *L* p. t. pitiet perdone lor. 5 *L* poisse lauder Esperit Saint.

.VIE DE SAINT LÉGER.

Ch: Champollion-Figeac. Documents historiques inédits. Paris 1848. IV, 446 ss. — *D*: Diez. Zwei altromanische Gedichte. Bonn 1852. P. 35 ss. — *Dm*: Du Méril. Essai philosophique sur la formation de la langue française. Paris 1852. P. 414 ss. — *H*: K. Hofmann: Sitzungsberichte der kgl. bayer. Akademie der Wissenschaften. München 1855. — *B* (B^{123}): Bartsch. Chrestomathie de l'ancien français. Leipz. 1866 etc. P. 13 ss. — *P*: G. Paris. Romania I (1872), p. 273 ss. — *Bch*: Boucherie. Revue des langues romanes. 2e série I, 18 ss. — *M*: P. Meyer. Recueil d'anciens textes. 2e partie. Paris 1877. P. I s.; 194 ss. — *L*: Lücking. Die ältesten französischen Mundarten. Berlin 1877. — *F*: Freund. Ueber die Verbalflexion der ältesten französischen Sprachdenkmäler. Marburg 1878. P. 21.

1 Domine deu deuempſ lauder.
et aſoſ ſancz honor porter.
inſuamor cantompſ delſanz.
quae por lui augrent granz aanz.
etoreſ tempſ etſieſt bienſ.
quaenoſ cantumpſ deſant lethgier.
2 Primoſ didraiuoſ delſ honorſ
quae il auuret abduoſ ſeniorſ.
apreſ ditraiuoſ delſ aánz.
que li ſuoſ corpſ ſuſting ſi granz.

---

2 *ChP* a sus. 8 *DmP* quie.

3 *ChD* su amor; *BM* su'amor; *P* soe amor. *DBPM* dels sa[i]nz. 4 *P* qui. *D* ahanz. 7 *D* Primas (primes) ditrai. *PM* Primes. *P* dirai. 9 *P* dirai.

& euuruinſ cil deu mentiz
quelui a grand torment occiſt:
3 Quant in fanſ fud donc a cielſ tempſ.
alrei lo duiſtrent ſoi parent.
quidonc regneuet aciel di.
cio fud loth^{i}erſ filſ baldequi.
ille amat deu lo couit.
rouatq; litteraſ apreſiſt.
4 Didun lebiſq; depeitieuſ.
luil comandat ciel reiſ lothierſ.
illo reciut tamben enſiſt.
ab u magiſ tre ſemprel miſt.
quil lo doiſt bien deciel ſauier
dondeu ſeruier por bona fied:
5 Et cum illaut doit deciel art.
ren del quilui lo comandat.
il lo reciu bien lo non rit.
cio fud lonx tiempſ obſe loſting.
deuſ lexaltat cui el ſeruid
deſanct MAXENZ abbaſ diuint:
6 Nefud nulſ om delſon iuuent.

---

2 *P* qui lui. 4 »*Le ms. a* doistrent; *mais au dessus de l'o il y a un* u (v) *dont les deux jambages sont marqués; il faut donc lire* duistrent.« *P.* 7 *ChDmP* rouit. 12 »*Ici comme* 3d (4) *le copiste avait d'abord écrit un* o, *et il a marqué un* v *au dessus.*« *P.* 17 *Ch* reciut; *P* reclu. *ChB* uiuent; *DmPM* iuuent.

1 *PM* Et d'Evruin cel dieumentit (*M* ciel Deumentit). 2 *PM* Qui. 7 *DPM* il l'enamat; *B* il le amat. 8 *P* letres. 13 *ChDB* Qu'il lo; *P* Qui'lo. 14 *ChDB*^{13}*M* serviet. *P* Dont deu serveit. *M* Dont Deu. *F* Dondeu servi[e]r. *Cf. Bch. p. 18.* *P* par. 15 *ChM* de ciel; *DB* de ciel'; *P* de cele. 16 *Dm* rend el; *B*^{23} rendel. *P* rendit lo qui lui l'com.; *M* rendet lo qui (cui? *cf. 175*) luil c. 17 *P* reçut; *B*^{3}*M* reciut. *DBPM* nodrit. 18 *DB*^{12} lo ting; *P* lo tint; *ChB*^{3}*ML* lo s ting. 20 *P* abes.

quim'eldrefuſt donc acielſ tiempſ.
ꝑfectuſ fud incaritet.
fidautil grand etueritiet.
et inraizonſ belſ oth ſermonſ.
humilitiet oth ꝑ treſtoz.

7 Cio ſemprefud et iaſier.
quifai lobien laudaz enner.
et ſanz letgierſ ſemprefudbonſ.
ſempre fiſt bien o que elpod
dauant loreien fud laudiez.
cum illaudit fulin amet

8 A ſel mandat & cio lidiſt.
acurtfust ſempre lui ſer uiſt
illexaltat elonorat
ſagratia liperdonat.
ethunc tam bien que il en fiſt.
dehoſtedun eueſq; en fiſt

9 Quandiuſ uiſquet ciel reiſ lothier.
bien honorez fud ſancz lethgierſ.
ilſefudmorz damz ifud granz.
cio controuerent baron franc.
por cio quefud debona fiet.
dechiel perig feiſſent rei.

---

2 *ChP* caritat. 11 *PM* audid. 13 *ChDmP* fugt. 20 *ChDmP* mors.

2 *P* Perfiz esteit; *L* Perfeiz fut il. 5 *P* par trestot; *M* per trestot; *cf. 15 d.* 7 B^{23} en er; *P* ent iert; *M* enn er. 10 *DP* fust. 11 *ChDm* su l'inamet; DB^{1} si l'inamet; B^{2} fu l'inamet; *PM* fu(t) lui amet; B^{2} fud li'namet. 15 *P* Et sa gracie; *M* (Et) sa gratia. 16 *DB* hanc; *P* anc. *M* dist. *L* Et doncques il tant bien ent fist. 17 *P* en Crist. 23 *P* De Chelperin.

10 Vn compte ioth p̃ſen leſ trit
ciel epſ nũauret eurui.
neuol reciuure chiel perin.
maiſ liſeu fredre theoiri.
nel condignet nulſ deſoſ pierſ.
re uolunt fair estre ſogred.

11 Illo preſdrent tuit aconſeil
eſtre ſogret en fiſdren rei.
ėteuuruinſ octen gran dol.
porroq; uentrenolſ en poth
por ciel tiel duol rouaſ clergier.
ſiſen intrat inun monſtier

12 Reiſ chielpericſ tambien en fiſt
deſanct .l. conſilierfiſt.
quandiuſ alſuo conſiel edrat
in contradeu benſi garda.
lei conſentit etobſerụat
etſon regnet bendominat.

13 Ia fud telſom deu inimix.
quil en cuſat abchielpering.
lira fudgranz cũ deſenior.
et ſc̃ .l. ocſent pauor.

---

2 *Ce vers, oublié d'abord, est écrit par le scribe à la fin de la strophe précédente.* 4 theoiri. *»Entre l'o et l'r une lettre a été grattée; il semble qu'on lise* theoiri.« *P. Ib. P* lo. 8 *ChP* ne. 18 *PM* e son. 22 *Ch* oc sant. *Entre* l'e *et l'*n *il y a un trait vertical dans le facs.*

3 *P* volst. 4 *DBM* lo. *P* son. *PM* Theodri. 6 *DBM* fair'; *P* faire. 10 *Dm* Porr o que; *P* Por o que; $B^{2}M$ porro que. 11 *D* rova s clergier. *BM* rovas clergier. *P* rovat clergiet. 16 *P* bien se. 20 *B* al Chielperig; *P* a Chelperin; *M* a Chielpering. 22 $B^{23}M$ oc s'ent; *P* aut ent; *L* aut s'ent.

ialo ſot bien ille celat.
anuil omne nol demonſtrat.
14 Quant ciel irae telſ eſdeuent
paſchaſ furent inepſ celdi
et ſc̃ .l. fiſt ſon miſtier.
miſſae cantat fiſt lo mulben.
poblen lo rei com muniet.
etſenſ cum giet ſiſenralet.
15 Reiſ chielpericſ cum illaudit.
preſdraſoſ meiſ aluiſtramiſt
ciolimandat quereueniſt.
ſagratia por tot ouiſt:
et ſc̃ .l. neſ ſoth meſſait
cumuit leſ meiſ alui ralat
16 Il cio lidiſt etadunat.
toſ conſilier ianon eſtrai
meu eueſquet nem lez tener.
porte quiſempre uolſ auer.
en u monſtier melaiſſe intrer.
poſci nonpoſc lai uol eſter

---

3 *ChP* trae. 4 *Les mots* cel di *sont écrits dans l'interligne.* 9 *Entre* il *qui se trouve à la fin d'une ligne du ms. et* laudit, *le premier mot de la ligne suivante, il y a dans le facs. quelques lettres illisibles* (norſ?). 18 *P* semprem. 19 *ChP* monstrier.

1 *Ch* ille celat; *D* ill e[n] celat *ou* ill a celat; *BM* il le celat; *P* il lo celat. 3 *P* cele ire; *B*[3] ciel' iræ; *M* ciel' ira. *DBPM* esdevint. 7 *B*[2] pobl'en; *PB*[3] Poblent; *M* Por bien *ou* Et ob lo rei; *L* puople et lo rei. 12 *P* Et sa gracie; *M* (Et) sa gratia. 13 *D* ne s soth; *P* ne s'sout. 17 *P* meie. 18 *D* sempre m ?; *BM* semprem. 19 *PM* un. 20 *DB*[1] poseu; *B*[23] posci; *M* pos ci; *P* Pois que. *DB* lau vol; *P* lau vuoil; *M* lai vol.

17 Enuiz lo fiſt nonuoluntierſ.
laiſſel· intrar inumonſtier
ciofud liſoſ ut il intrat.
cleri euurui ille trouat.
cileuuruinſ molt liuol miel
toth ꝑ enueia non per el
18 Et ſc̃ .l. fiſt ſo miſt^{i}er
euurui priſt acaſtier.
ciel iragrand etciel corropt
cio li preia laiſſaſ lototh
fuſ li pordeu nelfuſ por lui
cio li preia paiaſ ablui
19 Et euuruinſ fiſt fincta paiſ
ciol demonſtrat queſipaiaſ
quan diuſ inc^{i}el monſtier inſtud.
ciol demonſtrat amixlifuſt.
maiſ enauant uoſ cio aurez
cum illedrat por malafid
20 Rex chielperingſ ilſefudmorſ
por lo regnet lo ſouurent toit
uindrent parent elor amic
liſanct .l. lieuurui

---

5 *P* euuruns. 11 *L veut qu'on lise* nelfuſt; *un* t *n'est pas reconnaissable dans le trait vertical qui suit l's de* fuſt. 19 *P* Reis.

3 *DBP* Lusos; *M* Lisos. *P* o; *M* unt. 4 *DBL* clerj'; *PM* clerc. *DB* illo; *P* iluoc; *M* illoç. 5 *P* volst. 6 *P* par env. por el. 9 *ChDB* ciel, *P* cele; *M* ciel'. 11 *DmPM* Fist lo por D(i)eu, nel (*P* ne l') fist por lui. 12 *D* paias s; *MP* paiast s'. 13 *P* feinte. 14 *P* se. 15 *ChDB*[12] ins fud; *P* estut; *B*[3] istud; *M* estud. *Cf. 38 f.* 18 *DB* fled; *P* feid (: odreiz). 19 *B* Chielperigs; *P* Chelperis. 20 *DB* per; *P* Par. *PM* tost.

cio confortent adambeſ duoſ
que ſent ralgent inlor honorſ
21 Et ſc̄ .l. den fiſtdra bien.
quae ſen ralat enſeueſquet.
et euuruinſ den fiſ dra miel
quaedonc deueng anatemaz
ſon queuque il acoronat
toth lo laiſera recimer
22 Dominedeu ilcio laiſſat.
et ^{a}diable comandat.
quar doncfud mielſetalui uint
iluoluntierſ ſemper reciut
cum fulc enaut grand adunat
lo regnepreſt adeuaſtar ɿ
23 A focaflamma uai ardant
& agladies ꝑcutan.
porquant ilpot tan fai demiel
pordeu neluolt il obſeruer
ciel nefud nez demedre uiuſ
quital exercite uidiſt;
24 Adoſte^{d}un acillaciu
dom ſanct .l. uai aſalier
nepot intrer enlaciutat
deforſ laſiſt fiſti gran miel

---

16 *PM* percutant. 19 *Ch* de metdre. »*Le* t *avait été écrit, mais a été ensuite effacé.*« *P.* 21 *ChP* ostcedun.

3. 5 *P* donc. 7 *P* at coronet; B^3 a coronet. 9 *P* iluoc; B^3 in cio; *M* il lo. 10 PB^3 Et s'a. *ML* diable s. 11 B^2 miel set. *P* Qui d. fut mels et; B^3M Qui d. fud miels et. 12 *P* sempre retint. *M* semprel retint *ou* reciut. *Cf. Bch. p. 21.* *L* semprel. 16 DB^1 a gladi es; $B^{23}M$ a gladies; *P* a glavies; PB^3M persecutant. *L* Et a gladie les percutant. 21 *P* A Ostedun; *L* Ad O. *P* a celle cit. 22 *DBPM* asalir.

etſc̃ .l. mul en fud triſt
porciel tiel miel quae deforſ uid.
25 Soſ clerieſ preſ reueſtiz
et ob ſeſ croix forſ ſen exit
porro nexit uolli preier
quaetot ciel miel laiſſeſ pordeu
ciel euuruinſ qual horal uid
penrelrouat lier loſiſt:
26 HOR EN AUREZ LAS POENAS granz
quaeil en fiſdra litiranz
lip̄fideſ tam fud cruelſ.
liſ olſ delcap lifaicreuer.
cũſi laut fait miſ len recluſ.
noſoth nulſ om queſ deuengunz.
27 Am laſ lauuraſ lifaitalier.
hanc lalingua quaẽ aut in quėu.
cũ ſi laut toth uituperet.
diſt euuruinſ quitanfud mielſ.
hora pordud domdeu parlier.
ianon podra maiſ deu laudier
28 A terra ioth multfo afflicz.
non oct obſe cui en calſiſt.
ſuper lipiez nepodeſter

---

11 *P* fut. 14 oms. *Après ce vers une strophe au moins a été omise. Cf. PM.* 17 *PM* lauth tot. 19 *P* perdud. 23 pod *corrigé de* potl.

3 *ChDB* Sos clerjes pres et revestiz; *P* Sos clercs a pris et revestiz; *M* Sos clerjes presdra revestiz; *L* Ses clerjes prist il revestiz. 5 *B* poro; *P* por o ent eist; *L* por o'nt eissit. *P* volst li. 9 *ChDM* Hor'; *P* Hore. 14 *DM* devenguz; *P* devenuz. 15 *DM* Ambas; *P* Ambes. 19 *DM* perdud. *PM* dom de? 22 *Ch* cui en cal sist; *D* lai on s'assist? *ou* ren on s'assist? *HPM* cui en calsist. 23 *D* lis; *P* les; *M* los.

quitoz loſat ilcondemnetſ.
ora perdud dondeu porlier.
ianonpodra maiſ deu laudier.
29 Sedil nonadlingua parlier.
dſ exaudiſ liſſoſ penſæz.
etſiel nonadolſ carńelſ
encorp loſ adetſpiritielſ.
et ſi encorpſ agrand tozment
lanima nauura con ſolament.
30 Gueneſ oth num cuil comandat.
laiuſ encaſtreſ len menat.
etenfeſcant in ciel monſtier.
illo recluſdrent ſc̃ .l.
domine deuſ inciel flaiel
iuiſitet .l. ſonſeruu
31 Lalabia li reſtaurat.
ſicum deſanz deu preſ laudier.
ethanc enaut merci ſi grand.
por lierloſiſt ſicum deſanz.
doc preſ .l. apreier
poble ben ſiſt credre indeu.

---

5 *P* d̄s; *ChP* pensærz; *M* pensærs. *Entre l'æ et le z se trouve la barre d'une lettre effacée.* 6 *ChP* carnielz. 7 *ChP* corps. »*L's a été gratté.*« *M.* 8 *ChPM* torment. 15 *Ch* uisitel; *P* uisitet (*au lieu de* iuis.) 19 *P* desans.

1 *PM* Que. 2 *M* don de? *ChDM* parlier; *P* parler. 4 *ChD* non at llingu'a; *P* (*qui lit* non ad lingua a) nen at langue a; *M* non ad lingu'a. 5 *P* pensers; *M* penserz. 7 *ChD* en corps, los ad el spiritiels; *P* Ancor los at espiritels; *M* en cor les ad espiritiels. *L* Encor. 9 *P* L'aneme. 10 *P* Guenin. 11 *PM* en cartres. 12 *P* en Fescan. 13 *ChD* illo; *P* iluoc; *M* illoc. 15 *P* visitet at; *ML* I visitet. 16 *P* Les levres li at restoret; *M* li ad restaurat. 19 *ChDM* parlier lo fist; *P* parler l. f. 20 *ChDPM* donc. *ChD* s. Lethgiers. *P* Ledgiers a predier; *M* L. a predier. 21 *PM* Lo p. *L* fist il cr.

32 Et euuruiſ cũillaudit.
credren nelpot antro queluid.
cum illouid ſudcorroptioſ.
donc oct ablui dureſ raizonſ.
elcorpſ exaſtra altirant.
peiſ li promeſt adenauant
33 A grand furor agran flaiel.
ſilrecomanda laudebert.
cioli roua& noit et di.
miel li feſ ſt dontrequel uiu
ciel laudebert ſura buonſ om.
&ſc̃ .l. duiſ aſondom:
34 Il liuol faire mult amet.
beuure liroua a porter.
garda ſi uid grand claritet.
decel uindre fud depardeu
et ſicum roorſ in cel eſgranz
et ſicum flammeſ clar ardaz
35 Cillaudeberz qual horaluid
torneſalſ altreſ ſillor diſt.
cieſt omnetiel mult a[i]ma d̄ſ.
porcui telſcauſa uindeciel.

---

1 cũillaudit *dans l'interligne.* *PM* audid. 3 *PM* ſut c. 4 oct *dans l'interligne.* 8 *P* laudebiert. 10 *Ch* fiseist; *P* fe. sist *(»entre l'*e *et l'*s *de* fesist *il y a une lettre écrite, puis surchargée et enfin grattée«). Le facs. montre* feſ, *puis une lettre surchargée et grattée et* iſt *gratté en partie.*

1 *P* si com l'odit. 2 *P* creidre ne l'; *M* credre nel. 5 *D* e l corps exastra? *P* El cuor; *M* El cor. 10 *P* dentro qu'il; *cf. Romania II, 314; M* dentro qu'el. 13 *P* li volst. 17 *D* et cum; *P* Eissi com ruode; *M* Eisi com rode. *DBchL conservent* roors. 18 *P* Eissi com. *ChM* flammes; *D* flamm'es; *P* flamme est. *DPM* ardanz. 20 *D* tornet; *P* tornat. *Ch* s'il lor; *DP* si lor. 21 *ChD* omne ciel; *P* homne, cel. 22 *P* vient de ciel; *ML* vint de c.

porcielſ ſigneſ queuidrent telſ.
deu preſdrent mult aconlauder
36 Tuit liomnedeciel paiſ.
treſtuit apreſdrent a uenir.
etſc̃ .l. liſprediat.
dnẽ deuilleſ lucrat.
rendet ciel fruit ſpiritiel.
quaedeuſ liaur& ꝑdonat.
37 Et euuruinſ cũ illaudit.
credere nelpot antroqueluid.
cil bienſ quel fiſt cillipeſat.
occidere locommandat.
quatromneſ itramiſt a͛mez.
que lui aleſſunt decoller.
38 Litreſ uindrent aſc̃ .l.
iuſ ſe giterent aſoſpez.
de lor pechietz que aurent fiz
illoſ abſolſ etꝑdonet.
loquarz unſ fel nom auadart
abun inſpieth lo decollat
39 Et cũ illaud tollut loqueu.
locorpſ eſtera ſobrelſ piez.
cio fud lonxdiſ quenon cadit.
lai ſaproſmat queluifirid:
entro litalia loſ pez de iuſ.
locorpſ ſtera ſempreſuſ

---

6 *ChP* deus. 17 *ChPM* faiz. 21 *PM* tollud.

3 *P* cest. 4 *P* lai prisdrent; *M* anpresdrent. 7 *P* espiritel; *M* espiritiel. 12 *P* A ocidre; *M* Occidere donc; *L* Ad ocidre. 14 *P* alassent. 19 *PM* li. aut Vadart. 20 *D* ispieth; *P* espet; *M* espieth. 25 *P* entro taliat; *M* Entrol talia; *L* Entre-l taliat. 26 *Ch* steva; *D* esteva; *P* esteret; *M* estera.

Delcorpſ aſaz lauez audit.
etdelſ flaielſ quegrand ſuſtint.
lanima reciunt dominedeuſ.
alſ altreſ ſanz enuai encel.
il noſ aiud ob ciel ſenior.
porcui ſuſtinc telſ paſſionſ;

FINIT. FINIT FINIT LUDENDO
DICIT;

---

6 *ChP* sustint.

2 *PM* granz. 3 *P* laneme. *ChDM* reciut; *P* reçut.

www.ingramcontent.com/pod-product-compliance
Ingram Content Group UK Ltd.
Pitfield, Milton Keynes, MK11 3LW, UK
UKHW020959220726
13924UKWH00002B/791

9 782019 917302